Lucia A

Riccardello, pastorello zoppo e pazzerello

Illustrazioni di Luis Diez

Albatros

© 2022 **Gruppo Albatros Il Filo S.r.l.**, Roma

www.gruppoalbatros.com - info@gruppoalbatros.com

ISBN 978-88-306-5786-1

I edizione maggio 2022

Finito di stampare nel mese di maggio 2022
presso Rotomail Italia S.p.A. - Vignate (MI)

Distribuzione per le librerie **Messaggerie Libri Spa**

Riccardello, pastorello zoppo e pazzerello

In memoria di Nicola amico caro

NUOVE VOCI

PREFAZIONE DI BARBARA ALBERTI

Il prof. Robin Ian Dunbar, antropologo inglese, si è scomodato a fare una ricerca su quanti amici possa davvero contare un essere umano. Il numero è risultato molto molto limitato. Ma il professore ha dimenticato i libri, limitati solo dalla durata della vita umana.

È lui l'unico amante, il libro. L'unico confidente che non tradisce, né abbandona. Mi disse un amico, lettore instancabile: Avrò tutte le vite che riuscirò a leggere. Sarò tutti i personaggi che vorrò essere.

Il libro offre due beni contrastanti, che in esso si fondono: ci trovi te stesso e insieme una tregua dall'identità. Meglio di tutti l'ha detto Emily Dickinson nei suoi versi più famosi

Non esiste un vascello come un libro
per portarci in terre lontane
né corsieri come una pagina
di poesia che s'impenna.
Questa traversata la può fare anche un povero,
tanto è frugale il carro dell'anima

(Trad. Ginevra Bompiani).

A volte, in preda a sentimenti non condivisi ti chiedi se sei pazzo, trovi futili e colpevoli le tue visioni che non assurgono alla dignità di fatto, e non osi confessarle a nessuno, tanto ti sembrano assurde.

Ma un giorno puoi ritrovarle in un romanzo. Qualcun altro si è confessato per te, magari in un tempo lontano. Solo, a tu per tu con la pagina, hai il diritto di essere totale. Il libro è il più soave grimaldello per entrare nella realtà. È la traduzione di un sogno.

Ai miei tempi, da adolescenti eravamo costretti a leggere di nascosto, per la maggior parte i libri di casa erano severamente vietati ai ragazzi. Shakespeare per primo, perfino Fogazzaro era sospetto, Ovidio poi da punizione corporale. Erano permessi solo Collodi, Lo Struwwelpeter, il London canino e le vite dei santi.

Una vigilia di Natale mio cugino fu beccato in soffitta, rintanato a leggere in segreto il più proibito fra i proibiti, L'amante di lady Chatterly. Con ignominia fu escluso dai regali e dal cenone. Lo incontrai in corridoio per nulla mortificato, anzi tutto spavaldo, e un po' più grosso del solito. Aprì la giacca, dentro aveva nascosto i 4 volumi di Guerra e pace, e mi disse: "Che me ne frega, a me del cenone. Io, quest'anno, faccio il Natale dai Rostov".

Sono amici pazienti, i libri, ci aspettano in piedi, di schiena negli scaffali tutta la vita, sono capaci di aspettare all'infinito che tu li prenda in mano. Ognuno di noi ama i suoi scrittori come parenti, ma anche alcuni traduttori, o autori di prefazioni che ci iniziano al mistero di un'altra lingua, di un altro mondo.

Certe voci ci definiscono quanto quelle con cui parliamo ogni giorno, se non di più. E non ci bastano mai. Quando se ne aggiungono altre è un dono inatteso da non lasciarsi sfuggire.

Questo è l'animo col quale Albatros ci offre la sua collana Nuove voci, una selezione di nuovi autori italiani, punto di riferimento per il lettore navigante, un braccio legato all'albero maestro per via delle sirene, l'altro sopra gli occhi a godersi la vastità dell'orizzonte. L'editore, che è l'artefice del viaggio, vi propone la collana di scrittori emergenti più premiata dell'editoria italiana. E se non credete ai premi potete credere ai lettori, grazie ai quali la collana è fra le più vendute. Nel mare delle parole scritte per esser lette, ci incontreremo di nuovo con altri ricordi, altre rotte. Altre voci, altre stanze.

RICCARDELLO PASTORELLO

ZOPPO E MATTERELLO

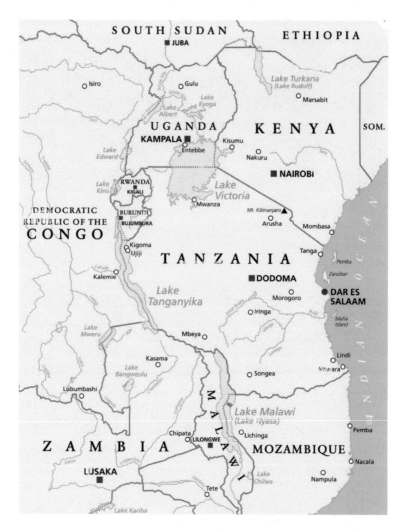

ll Burundi si trova nella regione Grandi Laghi. L'intero territorio
del paese è costituito da un altopiano, con un'altitudine media di
1700 m. Il punto più alto è il monte Karonje (2685 m), situato
a sudest della capitale. A sud e a sud-est i bordi dell'altopiano
scendono fino a circa 1300 m. L'unica area situata a meno di
1000 m di altitudine è una striscia di terra attorno al fiume
Ruzizi (a nord del lago Tanganica), che forma la Albertine Rift,
propaggine occidentale della Grande Rift Valley.

Un ragazzino africano nero, magrissimo, con due lunghe braccia e una gamba più corta dell'altra, la schiena un po' arcuata per il peso di una pancetta prominente da fame cronica, il sorriso sdentato sempre presente sulla bocca, quasi una smorfia, ma lucente negli occhi neri come il velluto nero del vestito di gala di una regina di altri tempi.

Ah, e poi una particolarità: una chioma spessa di capelli ricci e tutti verdi.

Nei corridoi e nelle sale della clinica di riabilitazione lo cercano tutti, lo chiamano, vogliono vederlo e parlare con lui. La sua presenza porta allegria e curiosità, unisce tutti e li distrae dalle loro sofferenze. Si sente sempre qualcuno dire con premurosa solidarietà: "Cerchi il verde?"

Riccardello, così si chiama e per il momento gli si addice il nome, ha ancora solo otto anni; chissà poi da grande se lo cambierà e si farà chiamare Riccardo.

Suo padre Akello era rimasto colpito da un racconto che aveva letto e che parlava di Riccardo Cuor di Leone, e diceva a sua moglie: "Se avessi un figlio mi piacerebbe chiamarlo Riccardo."

Ma quando lo vide, per la prima volta, nel campo dei rifugiati in Tanzania, quando aveva già sei anni ed era piccolo e fragile, decise che era più appropriato chiamarlo Riccardello.

La sua cara moglie era morta forse per la fatica o per la disperazione di aver lasciato suo marito in mezzo alla guerra nel loro paese, il Burundi, o per la denutrizione o per un'infezione batterica o per tutte queste cose insieme e altre ancora.

Aveva lasciato quel bambino che lei aveva curato nel migliore dei modi e ora era lui a doversene occupare. Non poteva ritornare nel Burundi, almeno per il momento e non con suo figlio.

Ad Akello la guerra[1] non era mai interessata e adesso meno che mai; questa guerra, che non sembrava finire mai, aveva distrutto la sua famiglia, il suo paese, non aveva più il suo pezzo di terra, la sua misera casetta: non aveva più niente che lo legasse a un luogo specifico; allora tanto valeva tentare la fortuna in altri posti e, se necessario, era disposto anche a dimenticare il suo paese.

Era venuto a conoscere suo figlio sei anni dopo la sua nascita, incredibile assurdità per un uomo che desiderava essere padre dal momento in cui aveva conosciuto la sua Bushra, ormai nove anni fa; era troppo triste per essere felice davvero, ma era troppo vivo per non sapere che la tenerezza che provava verso il suo bambino non doveva distoglierlo dall'assumere un comportamento freddo, pratico, razionale.

---

1   Una guerra civile su base etnica che durò per oltre un decennio 1983-2005 con più di 300.000 morti ha prodotto 350.000 rifugiati in Tanzania, e altri 140.000 sfollati interni . I Tutsi, cui appartenevano tutti i militari burundesi intrapresero una pulizia etnica nei confronti degli Hutu. (in Rwanda è stato il contrario: la decimazione dei Tutsi da parte degli Hutu). Circa l'80% della popolazione vive con meno di 1,25 dollari statunitensi al giorno.Il Burundi è, secondo alcune statistiche, uno dei 5 paesi più poveri del mondo.

Per lui, soprattutto per lui, per offrirgli un futuro migliore del suo, avrebbe lottato con tutti i mezzi, tranne che con la guerra.

Riccardello aveva bisogno di cure speciali; era zoppo, aveva forse una forma di elefantiasi o un'artrite che gli aveva deformato il piede e la gamba sinistra; era particolarmente vivace, non si preoccupava del suo problema, anzi si sentiva speciale e, non potendo camminare come gli altri, camminava saltellando e rideva felice.

In Tanzania lo aveva adottato una donna di nome Aukeilia, anche lei rifugiata e amica di mamma Bushra. Aukeilia aveva perso il suo bambino colpito a morte mentre scappavano dalla guerra.

Non ne parlava con nessuno e nessuno le chiedeva niente, bastava guardare i suoi occhi per vedere uno spaventoso tunnel di buio nero.

Se qualcuno gli si avvicinava troppo i lineamenti del suo bel viso si contraevano facendola apparire più vecchia e brutta: immediatamente poggiava le mani giunte sulla sua bocca come per supplicare silenzio.

Non era difficile capire che temeva domande. Era in uno stato di completo abbandono della sua persona e deambulava per il campo come un automa o un fantasma alla ricerca della sua ombra.

Quando Bushra la scoprì divenne subito la sua amica silenziosa e gli occhi di Aukeilia incominciarono a brillare con qualche sprazzo di gioia quando vedeva e poteva toccare Riccardello.

A poco a poco si era affezionata al quel bambino e verso di lui dimostrava un amore ancora più possessivo e ansioso di quello della sua mamma.

Bushra infatti sentiva tanta pena nei confronti di Aukeilia e lasciava che l'amica, nei suoi momenti strazianti di follia, credesse che Riccardello fosse davvero suo figlio.

Forse per questo Riccardello, che non aveva ricordi né fotografie che supplissero ai ricordi, a volte la chiamava mamma e altre volte zia: comunque una cosa era certa, era contento di stare con lei.

Certo, Aukeilia e Riccardello non avevano modo di sapere come si presentavano; non avevano specchi e le persone che li circondavano apparivano tutte emaciate e fragili, dovevano essere proprio come loro.

Usufruivano di un programma di assistenza organizzato da una ONG che aiutava i rifugiati di guerra a vivere in Tanzania e a prepararsi per il loro ritorno in patria, il Burundi. A ogni donna era stata assegnata una capra per sé e una per ogni figlio, pochi alimenti appena sufficienti per sopravvivere, un pezzetto di terra con dei semi da piantare e per coltivare un orticello.

Era sorprendente come nel loro paese gli uomini si battessero uccidendosi con ogni mezzo in una guerra civile, mentre le donne e i bambini vivevano lontani, in pace e con una solidarietà che cancellava ogni differenza di etnia e di rancori atavici e completamente assurdi.

Un gruppo di donne, tra le quali Aukeilia, si era organizzato per avere più capre e un terreno più ampio in cui coltivare. Avevano così formato una piccola cooperativa, dividendo il lavoro e i pochi averi a loro disposizione a seconda dei bisogni di ciascuno. Riccardello si ritrovò quindi a fare il pastorello, perché era il più grande dei bambini. Si occupava di tre caprette: due della sua famiglia e un'altra di un bambino molto più piccolo di lui.

Fu così che lo trovò suo padre: pastorello già a sei anni, zoppo, saltellante e felice. Ed era un bravo pastorello; quando portava a pascolare le capre le teneva legate l'una all'altra con una corda molto lunga in modo che non si facessero male.

Mentre le pascolava parlava con loro, imitava il loro belato e il loro modo di saltellare; arrampicandosi con l'aiuto di un bastone e saltellando non si preoccupava della sua gamba, che pur gli faceva un po' di male.

Aveva sentito parlare dei popoli che abitavano quelle terre africane da dove lui proveniva: degli Hutu e dei Tutsi, che erano in guerra fra di loro, e dei Masai, un popolo più tranquillo della Tanzania, la terra che lo ospitava.

Con quei nomi chiamava le sue tre caprette, ma sapendo che quelli erano nomi plurali li aveva convertiti al singolare; così una era Huta, una Tutsa e la più piccolina, che sembrava la più pacifica, si chiamava Masaa. Con loro si divertiva e le controllava ammonendole: "Guai a voi se vi vedo litigare, non rovinate il paese e la terra! Pensate solo a mangiare, a fare buon latte e a produrre il concime."

Riccardello aveva imparato il kirundi e anche il francese perché sia la sua mamma, quando era piccolissimo, sia

Aukeilia gli avevano parlato sempre nelle due lingue, ma poiché frequentava i pastorelli masai e aveva fatto amicizia con loro, conosceva moltissime parole in swahili, la lingua della Tanzania. Non sapeva però né leggere né scrivere in nessuna di quelle lingue.

Akello, suo padre, aveva studiato all'università a Bujumbura e poi, prima di sposarsi a Gitega, la sua città, era stato in Europa, a Teramo, in Italia, per frequentare un corso di specializzazione in agronomia grazie a un programma di aiuto allo sviluppo di una ONG, "DA. PA.DU dalla parte degli ultimi", creata da un prete missionario, don Enzo Chiarini, dottore in agraria.

Quando scoppiò la guerra fu costretto suo malgrado parteciparvi, poiché doveva fare il servizio di leva e arruolarsi contro la sua volontà.

Si era spaventato e aveva fatto fuggire sua moglie Bushra verso la Tanzania[2], nella provincia di Kibondo; non sapevano allora che aspettava un bambino, Akello lo seppe solo dopo che era nato e alla morte di Bushra.

Riccardello vedeva suo padre sempre triste e indaffarato a parlare con tanta gente e a insegnare loro come coltivare i piccoli orti, temeva che volesse abbandonarlo perché aveva sentito dire da Aukeilia, sua madre-zia, che voleva cercare fortuna e che doveva scrivere a un'associazione.

Non capiva quelle parole; Fortuna e Associazione erano due donne? Mah, chissà! Poi sentiva spesso il

---

2   In Tanzania, i campi che ospitano i rifugiati burundesi sono al limite. Di fronte al massiccio afflusso di rifugiati, i campi si sono saturati, denuncia l'Ong. Medici Senza Frontiere, che ha espresso preoccupazione per quella che ha definito "una delle più grandi crisi umanitarie in Africa". (21/11/2016 Fonte: RFI.)

nome Italia, forse anche lei un'altra donna.

Quando il babbo la nominava sembrava più contento, gli luccicavano gli occhi e aveva un'espressione di gioia, quasi da ragazzino.

Un amico gli aveva detto che l'uomo adulto cerca sempre donne e ne può avere molte: diceva che lui, da grande, se ne sarebbe prese dieci. "Ma allora," chiedeva, "si possono avere dieci mamme?"

Il suo amico Tanzaniane, che aveva dieci anni, quattro anni più di lui, rideva come un matto e non rispondeva!

Quando vedeva il babbo di giorno voleva chiedergli tutte queste cose, ma poi non diceva niente: o non ne aveva il coraggio o si dimenticava o non voleva interromperlo mentre gli spiegava come doveva fare per mungere il latte dalle capre, o che si avvicinava il tempo della scuola, un luogo bellissimo dove si impara a leggere e a scrivere.

Non parlava neanche la sera, quando il padre prima di addormentarsi gli raccontava tante storie strane; alcune di esse riguardavano un personaggio che si chiamava Riccardo come lui, che si diceva avesse un cuore di leone e per questo tutti lo chiamavano "Riccardo cuor di leone"; altre parlavano di cavalieri che stavano attorno a una tavola rotonda, di regine e di principesse e di guerrieri buoni che sconfiggevano draghi; e ancora di maghi, di fate e di piccoli uomini abitanti di foreste, di boschi, di castelli, di cavalli e carrozze: tutte storie incredibili che lo lasciavano a bocca aperta.

Riccardello non conosceva nient'altro che la dura realtà del campo rifugiati, fatta di fame, capre, terra, fango, sterco raccolto per concimare, gente che si scambia in un mercato improvvisato i propri, poveri beni, quasi sempre di genere alimentare.

Non c'era spazio per la fantasia nella sua mente e adesso con i racconti del padre non sapeva come situarsi. Non aveva libri di fiabe, né con figure né senza. Non aveva televisione, nemmeno sapeva dell'esistenza di un tale aggeggio, tanto meno del computer, figuriamoci poi dei videogiochi!

Aveva un piccolo quaderno e delle matite colorate regalategli da una signora bianca arrivata in visita al campo, così cominciò a disegnare, per come le immaginava, le cose di cui gli parlava il padre. Mentre le caprette mangiavano e allo stesso tempo defecavano, lui tirava fuori il suo quaderno e disegnava e conservava in segreto le immagini, come in segreto aveva conservato il quaderno e le matite: gli unici suoi beni preziosissimi che nascondeva con cura sotto la maglietta e poi sotto il giaciglio in cui dormiva.

Un giorno arrivarono tre uomini bianchi con un camice che, con molta delicatezza ma anche con tanta curiosità fredda e distante, da professionisti della medicina di ricerca, lo portarono in un ospedale da campo per visitarlo. Riccardello li lasciò fare senza paura, come fosse assente da sé stesso, e per la prima volta mangiò caramelle fino alla nausea.

Meno male che non ho il quaderno sotto la maglietta! pensò.

Poi, quando lo depositarono a terra, il ragazzino capì

che le visite erano finite e chiese "E adesso?" nelle tre lingue che conosceva. La domanda suscitò, con sua grande sorpresa, l'ilarità dei tre medici, che però non gli risposero. Lo lasciarono solo e fecero chiamare suo padre Akello, che arrivò agitato e con espressione triste e si fermò pauroso nel vano della porta della tenda da campo.

I medici gli andarono incontro e gli parlarono. Dopo una decina di minuti, Riccardello vide il padre chinare più volte la testa e stringere le mani ai tre medici con un sorriso. Tre sorrisi, sei strette di mano, e per finire Akello mise la sua mano destra sul cuore.

Bene, pensò Riccardello, tutto bene. Sono buone persone.

Non si preoccupò di sapere cosa dicessero tutti e quattro.

Si avvicinò al padre e gli disse con tutta la naturalezza e normalità della sua vita di pastorello: "Posso ritornare dalle capre?"

Un'altra volta i tre uomini risero e tutti insieme, facendo eco al padre risposero: "Certamente, vai!"

Che strano il mio bambino, chissà cosa avrà nella sua testa? Il padre si sorprese del disinteresse del figlio a proposito della visita medica, della sua indifferenza, della sua serenità. Non ne parlarono neanche nei giorni e nei mesi successivi. Forse Riccardello aveva dimenticato l'episodio? Meglio così. Akello ne era sollevato, non voleva spaventare suo figlio prima del tempo; quei tre medici gli avevano detto che forse suo figlio poteva essere curato, ma dovevano consultare altri specialisti e portarlo in Italia; al momento era ancora piccolo, occorreva aspettare ancora un anno o forse più.

Si sarebbero fatti vivi dopo qualche mese.

Riccardello, comunque, dopo quella visita era diventato ancora più dinamico, allegro e sicuro di sé; si sentiva speciale più che mai; aveva osservato però alcuni cenni di preoccupazione nel viso del padre: gli occhi erano brillanti e le labbra piegate all'ingiù: non era una bella cosa, voleva dire che era particolarmente triste. Un giorno aveva sentito che Aukeilia diceva: "Ti prego, non ti preoccupare Akello, stai ancora qui, tutto andrà bene per Riccardello, vedrai," e poi quando vide il ragazzino entrare smise subito di parlare.

Capì da quelle mezze parole che l'umore del padre dipendeva da lui, quindi doveva fare di tutto per rallegrarlo, così non se ne sarebbe andato via.

Trascorse un anno senza grandi cambiamenti in quell'angolo di terra fuori dal mondo. La gente che vi abitava, soprattutto donne e bambini, continuavano giorno dopo giorno la loro vita di sopravvissuti. Il loro destino interessava solo alle organizzazioni internazionali, che però erano dotate di pochi mezzi e poche persone ed erano molto impegnate in tante zone di quella parte dell'Africa, così martoriata dalle guerre e dalla povertà.

La scuola non aprì e Riccardello continuò a non sapere né leggere né scrivere.

Il padre era sempre impegnato e stava fuori anche per giorni per portare il suo piccolo aiuto in altri campi di rifugiati: era apprezzato e conosciuto per le sue doti di organizzazione e le sue competenze.

Poi una mattina di luglio, come una luce splendente, Akello, dopo qualche giorno di assenza, entrò nella sua povera dimora e si presentò davanti a Riccardello, che lo accolse abbracciandolo e baciandogli le mani, raggiante di gioia. Akello era accompagnato dalla speranza, personificata in due medici e una psicologa.

Mentre i medici parlavano con Akello e Aukeilia, la psicologa prese in disparte Riccardello e gli raccontò che erano venuti a prenderlo per portarlo in un buon ospedale per curare la gamba. Avrebbe conosciuto l'Italia, Roma, e sicuramente sarebbe stata una bella avventura, si sarebbe divertito.

Non doveva aver paura di niente, perché l'associazione si sarebbe occupata di lui.

"Chi?" domandò Riccardello senza mostrare alcuna sorpresa. "Italia, Roma e associazione sono le nuove donne di mio padre? Quelle che cercava? Tu le conosci? Mi posso fidare? Sono buone?" chiedeva incalzante, senza lasciare respiro alla psicologa, che boccheggiava come un pesce e non riusciva a rispondergli. "Che dici, Aukeilia si troverà bene con loro? Avrò quattro mamme?"

Irene, la psicologa, scoppiò in una grande risata, e quando finalmente riuscì a calmarsi disse abbracciandolo: "Ah, beata innocenza, come sei tenero, quante spiegazioni dovrò darti. Da dove comincio…"

Gli spiegò che Italia e Roma erano dei luoghi e non delle persone; l'Italia era un paese, come il Burundi e la Tanzania, e Roma era una grande città, la capitale dell'Italia come Bujumbura era la capitale del Burundi e Dar Es Salaam lo era della Tanzania, il paese che lo ospitava.

"Ti spiegherò tutto, faremo un lungo viaggio e avremo molto tempo per parlare. Ti spiegherò che tuo padre non vuole e non può avere tante donne."

"Certo, lo capisco, come fa povero babbo, ci vogliono tanti soldi per mantenere le donne, me lo ha detto il mio amico! È vero, no?"

Irene, prendendogli dolcemente la testa ricciuta e portandosela al petto, gli rispose sorridendo: "Ah, Riccardello, hai una grande confusione! Il tuo amico ti ha raccontato storie che non riguardano il tuo babbo, si vede che lui è di religione mussulmana, mentre tuo padre no. Ma… ti spiegherò meglio dopo. Invece ti volevo dire che mi dispiace, ma il tuo papà non potrà accompagnarti, ti raggiungerà dopo con... Aukeilia."

Non poteva ancora svelargli che Aukeilia non era la sua mamma e non era neanche sua zia e che quindi non poteva andare in Italia con lui, non era autorizzata a lasciare il campo rifugiati se non per ritornare nel Burundi; per quanto riguardava Akello, occorrevano ancora documenti e soldi.

"Allora," disse Irene, "siamo d'accordo? Qui la mano! Domani o dopodomani veniamo a prenderti e ti conduciamo attraverso un lungo viaggio in macchina fino a Kibondo, poi in aereo fino a Dar Es Salaam e poi a Roma: vedrai che ti piacerà."

Riccardello tese il braccio destro, ma era così frastornato che non guardò neanche dove finiva la sua mano perché con gli occhi e con l'altro braccio era rivolto indietro e cercava Aukeilia e Akello affinché l'aiutassero a capire che cosa gli stava succedendo.

Irene si accorse del gesto di Riccardello, lasciò la presa della mano e disse a voce alta in modo che tutti potessero sentirla: "Se tu decidi di partire con noi loro ne saranno contenti, perché sanno che ti rivedranno presto guarito e felice. Ed è quello che vogliono il babbo e Aukeilia, ma nessuno vuole obbligarti. Sei tu a dover decidere, come una persona grande."

Aukeilia e Akello annuirono in silenzio e l'atmosfera diventò pesante e spessa per le emozioni trattenute. Poi, quasi gridando per coprire la loro voce interiore rotta dalla tristezza, ripeterono insieme l'ultima frase pronunciata dalla psicologa: "Sì, Riccardello, sarai tu a decidere, come una persona grande!"

Fu una liberazione! Uscirono tutti insieme sospirando forte per cambiare aria, erano tristi ma sorridenti. Fu allora che Riccardello, sentendosi più speciale che mai, dettò le sue condizioni e, rivolgendosi alla psicologa, disse: "Va bene, vengo con voi, però voglio un quaderno, delle matite colorate e un temperamatite."

"Ah," rispose Irene rincuorata, "d'accordo, te le procuro!"

E poi quando stava andando via, Riccardello la chiamò e le disse all'orecchio:

"Quando vieni a prendermi porta una macchina fotografica, si chiama così? Me ne ha parlato un amico che dice che l'ha vista a un bianco, vorrei avere delle foto del mio babbo e della mia mamma, zia visto che non li vedrò per un bel po', e anche delle capre."

Irene non poté che rispondere con un sì appena bisbigliato, era troppo commossa.

Il giorno dopo Aukeilia chiese di non lavorare, voleva rimanere tutta la giornata con Riccardello, visto che Akello quel giorno doveva assentarsi.

Non c'erano molti preparativi da fare, Riccardello non doveva fare la valigia, perché aveva ben poche cose, men che meno cose valide da portare con sé: possedeva solo il suo quaderno, che custodiva gelosamente sotto la maglietta.

Quando Riccardello si trovò solo con Aukeilia le chiese un favore grande grande, supplicandola e dicendole che doveva essere un segreto fra loro due.

Era una cosa speciale che serviva a rendere un nero come lui più importante in Italia; Aukeilia protestò, però alla fine acconsentì e fu così che l'indomani Riccardello si presentò alla partenza con i capelli completamente verdi!

Era soddisfatto, si sentiva un principe, ma anche Aukeilia era contenta, aveva reso felice il suo Riccardello, aveva fatto proprio un bel lavoro con i colori che usava per tingere le stoffe coloratissime per i vestiti delle donne. E non era tutto: aveva tinto anche Masaa, la capretta preferita di Riccardello, con i colori della bandiera italiana che aveva visto nella macchina dei medici: bianco, rosso e verde, che fra l'altro erano gli stessi colori della bandiera burundese.

 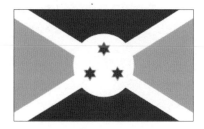

Ora bisognava vedere cosa avrebbero detto Akello e i medici.

Speriamo che non si arrabbino troppo, pensò Aukeilia.

Nessuno dei convenuti, la mattina dopo, avrebbe mai pensato di assistere a una trovata del genere fatta da un ragazzino così mite e tranquillo, ma le circostanze erano cambiate e Riccardello era diventato ostinato e audace. Aveva dei sogni e voleva essere una persona nuova. "Io vengo così, con i capelli verdi. Devo essere bello e speciale per andare tra i bianchi, se no non mi considerano; a proposito come sto?" chiese a Irene. "Io non mi sono visto, anzi non mi sono mai visto, ce l'hai quella cosa per vedersi?"

"Vuoi dire uno specchio?" disse Irene, prendendo dalla sua borsa uno specchietto da donna.

"Sì, sì, quello!" Riccardello si guardò con sorpresa, poi si osservò attentamente e forse non si piacque, almeno così sembrò a tutti i presenti, perché lo guardavano preoccupati, ma alla fine disse: "Sono bello! Rimarrò così; ho anche la polvere colorata per rimetterla quando i miei capelli torneranno neri."

"E va bene," dissero i medici, "passi per i capelli, ma la capretta no! Non si può portare, non può salire sugli aerei, non possiamo darle da mangiare durante il viaggio, non si può tenere in un ospedale. Glielo spieghi lei, Akello, per favore!"

Nonostante tutte le spiegazioni del caso Akello non riusciva a convincere Riccardello, che insisteva: "O vado con la mia Masaa o non vado."

Finalmente furono le donne Aukeilia e Irene a vincere la sua ostinazione.

Aukeilia intervenne per dire che aveva bisogno della capretta per il latte e per compagnia, che le avrebbe ricordato ogni minuto il suo Riccardello e che l'avrebbe curata fino a quando non fosse tornato.

Irene gli promise che, una volta a Roma, avrebbe cercato di comprare una capretta e, se non fosse stato possibile, allora gli avrebbe regalato un cagnolino.

Il distacco fu straziante, ma era necessario viverlo con dignità, così la pensavano Aukeilia e Akello, che non piansero né fecero drammi.

Loro di drammi ne avevano vissuti più che a sufficienza, e questa partenza di Riccardello non era una tragedia, ma un'occasione meravigliosa per lui.

Il viaggio durò tre giorni e Riccardello non fece che proiettare con i colori sui fogli bianchi tutto ciò che vedeva, tutto il suo stupore. Questa volta i disegni non erano frutto dell'immaginazione, ma riflettevano la realtà, quello che vedeva dall'aereo: le nuvole come tante pecorelle nel cielo, i colori della terra, i fiumi, i laghi, il rosso, il rosa, l'arancione, il giallo del tramonto e tanti, tantissimi animali in libertà che dall'alto dell'aereo sembravano piccoli piccoli, ma che Irene spiegò essere i grandi animali dell'Africa centrale: zebre, gnu, elefanti, giraffe... Alla fine, il grandioso MARE! E quante case, luci e strade! Erano arrivati a Roma.

Prima di operarlo, i medici dovevano far sì che Riccardello fosse in perfetta salute. Doveva farsi i muscoli, cambiare postura, liberarsi dei batteri.

Non era trattato come un vero ammalato, insomma, non doveva stare a letto tutto il tempo.

Per i medici però il problema era che non si fermava mai, era sempre in movimento, ma d'altra parte fermarlo l'avrebbe reso infelice.

Lo conoscevano tutti: i degenti, gli infermieri, i fisioterapisti, i medici. Il Verde, era così che lo chiamavano, girava dappertutto con il quaderno e i colori; entrava anche nelle stanze, bussava o sbirciava dalla porta aperta e con educata curiosità interrogava i bianchi e imparava a esprimersi comunicando attraverso i suoi disegni. Chiedeva senza nessun complesso che gli dicessero come si diceva e come si scriveva in italiano quello che aveva appena disegnato.

Dopo tre settimane aveva imparato molti vocaboli in italiano e quelli che non conosceva li italianizzava dal francese.

Realizzava ritratti e aveva molto successo; molti volevano pagarlo, ma lui non accettava, non sapeva dare un prezzo, non aveva idea del valore monetario delle cose e poi dei soldi non se ne sarebbe fatto niente.

"Ho tutto quello che voglio," diceva. "Mi mancano solo mio padre, la mia capra e la mia mamma-zia." E non era poco ciò che gli mancava, ma, come lui diceva, erano cose che non si potevano comprare e che comunque avrebbe ritrovato perché non le aveva perse.

Fu in clinica che conobbe Sofia, una biondina di dieci anni con gli occhi celesti, le scarpe da tennis rosse e una tuta bianca e rossa, ma è meglio dire che fu Sofia a conoscere Riccardello.

Sofia, infatti, nella palestra della clinica dove faceva gli esercizi di recupero muscolare dopo un intervento dovuto a una brutta frattura, aveva sentito parlare di lui, il Verde, e poi la notte lo aveva sognato. La mattina dopo chiese a Irene di accompagnarla da lui perché voleva conoscerlo.

"Sarà come l'ho sognato?"

Fatte le presentazioni, Irene li lasciò in una saletta adibita a caffetteria.

Riccardello, imbarazzatissimo, le chiese di aspettare un momento, doveva ritornare nella sua stanzetta. Riapparve subito dopo con un quaderno e, senza dire una parola, molto impressionato, le mostrò un disegno. Sofia ebbe un sussulto: era lei con un abbigliamento molto simile, ma in un posto diverso, in mezzo a tanti alberi. In imbarazzo e contrariata disse: "Chi è?"

"Tu!" le rispose Riccardello con un filo di voce. "Non ti piace? Mi dispiace."

"Oh, sì che mi piace!"

E allora la tensione si sciolse e Riccardello disse: "Non ti ho mai vista, ma ti ho immaginato dai racconti del mio babbo."

Sofia rise di cuore: "Sai, io ti ho sognato più o meno come sei e anch'io avevo sentito parlare di te da molta gente, ma io il tuo babbo non l'ho mai conosciuto!"

"Ah no, certo, non credo tu lo conosca! Lui non vive qui, ma sai, mi ha raccontato storie di gente che anche lui non ha mai visto!"

"Erano delle fiabe?" disse Sofia.

"Sì, credo si chiamino così."

Rimasero in silenzio un momento, poi Sofia disse sottovoce parlando a sé stessa: "Curioso, sono un personaggio da fiaba," e poi imbarazzata esclamò: "Ah beh, io sono di Roma e tu?"

"Io?" rispose Riccardello felice della domanda. "Io sono di Akello e Aukeilia, sono mio padre e mia zia-mamma o mamma – zia. Ah ah ah!" E allora le spiegò perché rideva, voleva fare lo spiritoso e le raccontò che fesseria aveva detto a Irene quando pensava che Roma e Italia fossero delle donne!

"Beh," disse Sofia, che aveva il dono di essere disarmante e disarmata, "alla fin fine non hai detto nessuna fesseria, io conosco una signora che si chiama Roma di cognome e un'altra che si chiama Italia di nome."

"E Associazione? Conosci qualcuno che si chiama Associazione?"

"No, no," rise Sofia, "però non conoscevo neanche nessuno che si chiamasse Akello o Aukeilia. Sai, non offenderti, ma in italiano potrebbe suonare come Quello e Quella!"

Riccardello si affezionò molto a Sofia, lei aveva sempre le risposte giuste alle sue domande e ai suoi dubbi, per esempio quando Riccardello le confidò che in realtà chiamava Aukeilia mamma o zia perché non capiva molto bene se era sua mamma o sua zia; Sofia in effetti anticipò quello che poi qualche tempo dopo gli spiegarono Irene e soprattutto suo padre, e lo fece con molta delicatezza e logica.

Gli disse: "Chissà, forse non è veramente né tua zia né tua mamma, ma che importanza ha; è il tuo cuore che ti dice di chiamarla così perché hai bisogno di una mamma e anche di una zia e se dubiti è perché in fondo il tuo cuore sa che la tua mamma vera non c'è più. Aukeilia non ha mai detto niente perché è felice di essere per te mamma e zia, però se vuoi farla più felice, quando la vedi la prossima volta chiamala mamma, solo mamma."

La sera Riccardello pensava a tutte le cose che gli diceva Sofia, e poi ricopiava le parole in italiano che lei scriveva nel quaderno per insegnargli a leggere e a scrivere. Sofia aveva chiesto al padre che le portasse un album da disegno: il padre, architetto, fu felice della richiesta pensando che sua figlia si fosse decisa a disegnare, ma l'album finì nelle mani attente, riconoscenti e premurose di Riccardello.

Per due giorni quelle mani accarezzarono quei fogli da disegno immacolati, così belli da non riuscire a usarli per paura di sciuparli. Poi Sofia, qualche giorno dopo, chiese a Riccardello se poteva vedere qualche cosa di quello che lui aveva realizzato sui fogli grandi e bianchi, e allora lui si vergognò e le disse di aspettare ancora qualche giorno.

E in quei giorni fu attento a non farsi vedere.

Si era rimesso a fantasticare nel suo lettino, ma questa volta senza disegnare le sue fantasticherie come faceva quando pascolava le caprette.

Pensava a tante, troppe cose insieme, e tutte erano così confuse e mischiate, non aveva mai avuto una vita così caotica: pensava al campo di rifugiati in Tanzania, al babbo, a Aukeilia.

Si chiedeva perché non gli avessero mai raccontato com'era il suo paese di origine, il Burundi. È vero, non era nato lì, ma poco importava. Era il suo paese, ma non l'aveva mai visto, quindi non lo poteva disegnare. Poi pensava a Sofia, non voleva deluderla. Così restò un po' depresso e inerte.

Lo cercavano tutti: "Ma dov'è finito il Verde, doveva farmi un ritratto!"

"Anche a me ne aveva promesso uno," rispondeva un altro.

Si sparse la voce che molti avevano bisogno di Riccardello e la voce arrivò fino alle orecchie del ragazzino, che si sentì di nuovo importante e rincominciò a girare tra i pazienti della clinica con il suo album da disegno dai grandi fogli.

Questa volta a tutti coloro che volevano un ritratto chiese il cognome e fece una lista, disse che avrebbero dovuto aspettare dei giorni, ma avrebbe accontentato tutti.

Scoprì che c'erano molti nomi strani come Bianchi, Rossi, Neri, Mele, Cocomero, Vacca, Merlo, Piccioni, Lupo, Pesce, Spiga, Montagna, Passamonti, Valle, Collina, e allora si dedicò a fare dei ritratti del viso o della figura intera di tutte quelle persone, ma con un richiamo fantasioso al loro cognome.

Così per esempio il signor Mele lo raffigurò con una mela nella mano destra e con una sopra la testa; al signor Cocomero mise un cocomero al posto del bacino; per la signora Montagna disegnò la sua faccia di profilo con una guancia appoggiata su una grande montagna.

Al signor Merlo mise le ali al posto delle orecchie e lo raffigurò sospeso nel cielo.

Il signor Passamonti lo ritrasse con stivali e un bastone, intento a scavalcare una vetta; il viso del signor Pesce, con la bocca socchiusa a forma di bocca di orata, lo mise in una specie di acquario attorniato da pesciolini rossi.

I signori Bianchi, Rossi e Neri li mise tutti e tre in fila a due a due in base al colore, due visi bianchi, due rossi, due neri, così che in un foglio risultassero sei visi che si trasformavano da bianchi a rossi, a neri.

Però, poiché erano tre persone diverse e doveva dare un disegno a ciascuno, ne fece anche altri tre con lo stesso formato, ma con la sequenza diversa da neri, rossi e bianchi e poi da rossi, neri e bianchi e da bianchi, rossi e neri. Voleva dimostrare che bianchi, rossi e neri alla fine erano tutti uguali.

Il ritratto della signora Vacca risultò il più grazioso; la disegnò col viso appoggiato su un corpo di una vacca magra, ai piedi le scarpe con tacchi alti e sulla testa un bel cappello rosso.

Disegnò poi un campo di grano e ci mise in mezzo il volto del signor Spiga. Il campo si trovava in una valle, che era la signora Valle sdraiata, in fondo a una collina rappresentata dal viso ingrandito del signor Collina.

Infine, il signor Piccioni decise di ritrarlo con la testa calva coperta da una folta capigliatura fatta di ali di piccioni.

Impiegò molti giorni a realizzare quei disegni, ma non li mostrò a nessuno; erano tutti impazienti di vederli.

Arrivarono tre medici a visitarlo: era venerdì e gli dissero che il lunedì seguente doveva essere operato all'ospedale lì vicino; poi sarebbe ritornato lì per la riabilitazione.

Riccardello chiese a Irene di custodire i suoi quaderni e gli album da disegno, ma si fece promettere che non li avrebbe guardati né fatti vedere a nessuno.

Il sabato mattina Sofia, prima di andare a casa per il fine settimana, chiese al padre di accompagnarla a salutare un amico; davanti a Nicola, il padre di Sofia, Riccardello diventò terribilmente timido e non riuscì a dire neanche una parola, ma quando Sofia lo presentò come suo fratello, quel fratello che aveva desiderato e che aveva trovato in Riccardello, allora lui tutto d'un fiato disse: "No! Io vorrei essere il tuo fidanzato. Sono nero, non posso essere tuo fratello, ma il tuo fidanzato sì."

Aveva sentito quella parola tante volte perché i pazienti della clinica gli chiedevano: "Ma Sofia, quella bella ragazzina, è la tua fidanzata?" Non aveva mai risposto ma aveva deciso: era la sua fidanzata.

Padre e figlia furono presi di sorpresa e non seppero come reagire e rimasero muti; ma certo il papà di Sofia non solo era sorpreso, era veramente scioccato. Cosa aveva sentito? Fratello, fidanzato? E cosa vedeva! Roba da non credere! Un mingherlino nero con una capigliatura folta, ricciuta e verde, un sorriso largo ma come stampato (quasi falso o no?) in un viso minuto e spaurito; i denti talmente tanto piccoli e distanziati da farlo sembrare, a prima vista, sdentato, ma così bianchi e brillanti che contrastavano con gli occhi grandi, neri, di velluto, inquieti, che non si fermavano mai e a tratti dimostravano una certa spavalderia.

Al momento Nicola non trovò niente di meglio da dire: "Si fa tardi, ci aspetta la mamma. Andiamo, Sofia. Ciao, Riccardello, buona giornata."

Sofia si avvicinò, gli strinse la mano e poi all'orecchio gli disse: "Vedrai, Riccardello, andrà tutto bene, non avere paura, in bocca al lupo!"

Riccardello distese i lineamenti del suo viso, si sentì felice, come era sempre vicino a Sofia, e disse, spiritoso: "In bocca alla signora Lupo non ci vado!"

"Che scemo! Si dice così per augurare buona fortuna!" rispose sorridendo Sofia.

L'operazione fu un successo e dopo dieci giorni Riccardello ricomparve nel corridoio della clinica di riabilitazione, questa volta però in sedia a rotelle.

L'accompagnava, spingendo la sedia, la sua affezionata protettrice, Irene, ma non si diresse nella stanzetta di Riccardello e lui chiese: "Dove mi porti?"

Irene non rispose, aprì la porta di una sala, la più grande della clinica, e uno scroscio di applausi esplose.

Riccardello rimase semplicemente a bocca aperta, come se fosse in trance, e poi scoppiò in un pianto di gioia.

Come si piange bene quando si è felici!

C'era il babbo in prima linea, che andò ad abbracciarlo in ginocchio, senza parlare, cercando di ingoiare le lacrime. Era appena arrivato dopo molte peripezie. Ma non aveva il tempo di spiegarle come era riuscito ad arrivare.

C'era Sofia, rossa in viso, suo padre l'aveva presa per mano per darle quella sicurezza che l'emozione e l'imbarazzo le avevano completamente tolto.

Poi i signori Bianchi, Rossi, Neri, Mele, Cocomero, la signora Vacca, i signori Merlo e Piccioni, la signora Lupo, i signori Pesce e Spiga, le signore Montagna e Valle, i signori Passamonti e Collina.

C'erano due fisioterapisti, un medico e persino il direttore della clinica.

Ma perché erano tutti lì a riceverlo?

A un tratto tutti si avvicinarono a lui lasciando, libere e in vista le pareti della sala, e così si creò un passaggio per la sedia a rotelle spinta da Irene. Fu allora che Riccardello vide un'esposizione di tutti i suoi disegni, tutti appesi alle pareti in bell'ordine.

Non aveva mai visto una mostra e mai avrebbe potuto immaginare di vedere tutti i suoi disegni esposti in quel modo.

Un'espressione di fastidio e anche di rabbia si dipinse sul suo viso, chiuse gli occhi e strinse le labbra, si girò verso Irene e le disse: "Perché?"

Il babbo di Sofia osservò quell'espressione, aveva studiato, nella sua mente, quel viso dal giorno che l'aveva visto. Lo aveva capito: Riccardello era fiero e dignitoso e aveva qualcosa di straordinario!

Si avvicinò a Riccardello e gli disse: "La colpa è mia, Riccardello; io ho organizzato tutto questo. Ho saputo da Sofia che disegnavi, avevo curiosità di vedere i tuoi disegni, ho chiesto il permesso a Irene e poi al direttore della clinica e per la prima volta c'è una mostra delle tue opere. Certo, avrei dovuto chiedere il tuo di permesso, ma non me lo avresti dato."

Utilizzò parole pompose per esternare con enfasi la sua convinzione di trovarsi davanti a un genietto!

"Sei un grande artista, caro piccolo. Hai della stoffa. E io, credimi, me ne intendo. Devi studiare arte! Non ti arrabbiare, i tuoi disegni sono fantastici! Non puoi tenerli nascosti."

"Ma io…" balbettò Riccardello, "non so, non li avevo finiti e poi… insomma, mi vergogno."

Allora Sofia, recuperata la sua sicurezza, con il suo fare serafico e con le sue parole spontanee e disarmanti gli disse: "È inutile dire che ti vergogni, noi non lo crediamo perché anche se arrossisci o impallidisci, con il tuo colore di pelle non si vede, quindi non serve."

Riccardello prese la sua rivincita e le disse: "Sai una cosa? Stai facendo l'antipatica e il disegno che ho cominciato a fare per te non lo finisco e non te lo do." Non era vero, non aveva fatto nessun disegno per Sofia, l'aveva solo immaginato ma non realizzato.

Sofia disse: "Qui non c'è?!"

"No, ce l'ho nascosto! Irene non lo sa dov'è."

Irene, prendendo Akello per un braccio gli disse: "Spero che mi perdoni, Riccardello, ma posso dirti che non mi pento di quello che ho fatto. Anche se è vero che ho tradito la tua fiducia, so che ne è valsa la pena perché è servito a scoprire quanto vali. Nessuno, neanche tuo padre aveva idea di quanto tu fossi bravo."

Il padre era confuso, si sentiva fuori posto e gli si leggeva negli occhi il peso del senso di colpa di non essere stato vicino al figlio. Tutte quelle persone sembravano conoscere Riccardello meglio di quanto non lo conoscesse lui, e avevano fatto e continuavano a fare molto più di quello che lui riusciva a fare.

Irene lesse nei pensieri di Akello e disse a Riccardello: "Ma hai visto come è orgoglioso di te tuo padre? Sapessi quanto ha lavorato e quanto ha fatto per farti portare da noi, e adesso che è riuscito ad arrivare anche lui qui, nonostante le mille difficoltà, scopre che suo figlio è un artista prodigio! E noi e te dovevamo nasconderglielo?"

Akello era troppo stanco e commosso per poter parlare e poi non voleva raccontare davanti a tutti le sue peripezie e le sofferenze passate durante quasi tre mesi per poter arrivare a Roma. (E lui sapeva che, a differenza di tanti immigrati, aveva avuto molta fortuna perché era stato aiutato dalle ONG con cui aveva lavorato.)

Era lì, era felice, si sentiva privilegiato, poteva stare con suo figlio almeno un giorno intero o forse due, aveva trovato lavoro in un'impresa di produzione ortofrutticola in provincia di Latina.

Doveva presentarsi al lavoro nel giro di due giorni, era un buon inizio.

La cosa più importante era che così ogni tanto poteva prendere il treno e raggiungere suo figlio e stare un po' insieme. Poi chissà più avanti, magari riusciva a legalizzare la sua posizione di immigrato e poteva stabilirsi definitivamente in Italia e trovare anche un miglior lavoro.

Quando il padre partì, Riccardello, rimasto solo, prese un grande foglio da disegno e incominciò a disegnare.

Nell'ospedale dove era stato operato, un ragazzo romano che faceva il volontariato gli aveva regalato un opuscolo turistico di Roma in francese e in italiano con le fotografie dei monumenti più importanti, glieli aveva anche illustrati perché aveva capito che Riccardello non sapeva leggere.

Fu così che, guardando quei monumenti, gli venne in mente il disegno per Sofia.

Si trattava di copiare i monumenti romani, il Colosseo, il Campidoglio, i Fori Romani, e mettere al centro il ritratto di Sofia vestita come un'antica principessa romana in mezzo alle bellezze di Roma.

Era un disegno impegnativo che aveva deciso di fare di nascosto, con foga, ma con molta attenzione e precisione.

Ci mise dieci giorni per realizzarlo a matita nera e poi a colorarlo.

Era un disegno pieno di poesia che trasportava l'immaginazione verso una Roma fantastica, governata da un'incantevole bambina bionda dagli occhi celesti.

I monumenti e la figura di Sofia erano simili alla realtà, il paesaggio non era reale; l'insieme del cielo e degli alberi aveva un qualcosa di misterioso, di fiabesco, e il tutto sembrava sospeso in un altro mondo.

Per realizzarlo aveva rubato tempo al riposo dopo gli esercizi faticosi e dolorosi di riabilitazione. Quando finì il suo disegno ebbe la febbre e i medici si allarmarono. Decisero di fargli delle analisi, ma non appena uscirono dalla stanza per predisporle, Sofia entrò a fargli visita e gli chiese: "Ma insomma, Riccardello, stai male? Cos'hai? Cerca di guarire, devi scendere dal letto per finire il mio disegno!"

Riccardello le disse con voce debole: "Apri quell'armadio, per favore". Sofia aprì l'armadio, prese il foglio, lo posò con cura sul tavolino vicino al letto di Riccardello e restò in silenzio a guardarlo.

Si sentì arrossire, incominciò a muoversi nervosamente girandosi di spalle per distogliere la vista dal disegno, come se non volesse credere ai suoi occhi, sicura che la stavano ingannando. Poi riportò lo sguardo sul foglio, come per sorprenderlo e acchiapparlo prima che sparisse o d'incanto si scolorisse.

Si avvicinò e si allontanò con gesti inconsulti da quel foglio per quattro o cinque volte di seguito.

Ebbene sì, era proprio un disegno di lei e per lei, ed era fantastico, incredibile. Assolutamente geniale.

Improvvisamente si accorse di essere spiata da Riccardello, che aspettava il suo commento con l'ansia e la paura di essere criticato, ma non parlò.

Quanti minuti di silenzio! Un'eternità! Sofia non parlava e Riccardello la scrutava affranto e pensava: Forse ho disatteso le sue aspettative.

Nel silenzio irruppero nella stanza Irene e due medici, e videro Sofia che si girava verso di loro senza dire una parola con il foglio tra le mani a coprirsi interamente il viso.

Irene fu subito più loquace e esclamò entusiasta: "Ma è magnifico, ma è una meraviglia, Riccardello, sei un vero artista!"

I medici si avvicinarono a Riccardello, gli toccarono la fronte, gli sollevarono un po' le braccia per mettergli un cuscino in più sotto la testa, lo trovarono in un bagno di sudore, ma non aveva più la febbre, era debole e allora uno di loro disse: "Artista, sei esausto, la tua meravigliosa creazione ti ha messo KO. Adesso capisco tutto; chissà quante ore sei stato sveglio. Non sei ammalato, non ti diamo nessuna medicina e non ti facciamo analisi, però per almeno tre giorni devi rimanere a letto e devi solo dormire, bere acqua e mangiare. Forse è meglio che Irene ti sequestri il materiale da disegno per non avere la tentazione di lavorare. Cosa ne dici? Ci possiamo fidare, signorino Giotto-Leonardo? Starai calmo?"

Riccardello rispose: "Sì, sì sono stanco, ma chi è il signorino Giotto-Leonardo?"

Il medico gli spiegò che il signorino era lui e Giotto e Leonardo erano due famosissimi artisti, anzi il secondo, Leonardo da Vinci, era anche scienziato.

"Hai capito?" disse Sofia avvicinandosi al letto, e abbracciandolo: "Sei veramente un bravo artista, un genio; posso portare il disegno a casa mia per farlo vedere al mio babbo?"

"Certo," rispose Riccardello, "è tuo!"

"Bene," disse Irene, "mi occupo io di farti portare da mangiare. Non ti addormentare, prima mangi e bevi poi dormi. Hai bisogno di dormire almeno dieci ore."

Nicola, dopo aver visto il disegno di Sofia, si recò all'ospedale per parlare con i medici e con Irene. Disse loro che voleva adottare quel ragazzino nero, che dovevano aiutarlo, parlare con il padre e chiedergli se accettava che lui si prendesse cura di Riccardello, gli pagasse gli studi, frequentasse una buona scuola perché recuperasse i tre anni di scuola elementare che aveva perso.

Chiese ai medici se potevano accelerare i tempi per la seconda operazione perché guarisse subito; era un peccato che non stesse bene. La scuola iniziava in ottobre, non si poteva perder tempo. Riccardello aveva una vera vocazione per la pittura e doveva studiare per portarla avanti, ma era quasi analfabeta. Avrebbe potuto studiare anche il francese, così, se da grande avesse voluto tornare nel suo paese d'origine, sarebbe stato istruito.

Nicola disse con passione che Riccardello era un ragazzo intelligente, un bambino prodigio che lui voleva trattare come se fosse suo figlio. Non finiva più di parlare e non lasciava parlare nessuno.

Alla fine Irene riuscì a inserirsi in quel fiume in piena di parole e disse con molto sussiego: "Ascolti, architetto, il suo interesse è lodevole, ma bisogna fare le cose con calma. Vede, anch'io stavo pensando che potrei tenerlo in casa mia quando uscirà dall'ospedale, mandarlo a scuola, ecc... io non ho figli, potrei adottarlo anch'io, ma non so se Riccardello sarebbe contento. Mi sembra che tutti gli vogliamo bene e vogliamo aiutarlo, ma dobbiamo essere cauti. Dobbiamo sapere cosa vuole lui e cosa vuole Akello, suo padre. Riccardello può essere felice solo se è libero, senza molte pressioni, non si può pretendere che faccia esattamente quello che noi desideriamo solo perché vogliamo il suo bene.

Io l'ho conosciuto in Tanzania, nel campo profughi, e l'ho visto sinceramente più felice di adesso, anche se era poverissimo, zoppo, affamato, dolorante più di adesso forse, e si occupava di tre caprette e non aveva mai visto neanche una caramella, una foto, una macchina fotografica, uno specchio!"

Irene s'interruppe perché l'emozione le era già salita alla gola e temeva di mettersi a piangere. Si ricompose subito ricordandosi che era una psicologa e che la situazione esigeva che lei si comportasse da professionista, senza mettersi in evidenza, e allora, mettendo una mano sul braccio di Nicola disse: "Mi scusi, mi sono lasciata trasportare dall'emozione e questo non è giusto nei suoi confronti. Mi creda, tutto ciò che ha detto che vuol fare per Riccardello è veramente geniale. Parlerò col padre e poi con Riccardello, però la prego di aspettare un po', adesso non è il momento. Aspettiamo che guarisca."

A quel punto i medici, che avevano ascoltato senza interrompere nessuno dei due, dissero che avrebbero fatto del loro meglio per accelerare la guarigione di Riccardello e per metterlo in condizioni di potersi muovere, studiare e migliorare la sua autonomia, perché si meritava una buona vita. Erano d'accordo sul fatto che era un bambino intelligente, con una tempra forte e molta volontà, ed era indubbiamente un artista in erba, come si suol dire.

"Adesso però," disse uno di loro, "bisogna che il ragazzino viva un periodo tranquillo senza troppe emozioni."

Nicola disse: "Sì, sì, scusatemi, sono troppo impulsivo, ma ho visto il disegno di Sofia e sono rimasto impressionato. È giusto aspettare, ma intanto vorrei chiedervi un favore: potrei portarlo domenica a fare un giro in macchina con mia figlia per Roma e poi a Ostia per fargli vedere i monumenti e il mare?"

I medici si guardarono fra di loro annuendo e alla fine uno di loro disse: "Perché no? Mi sembra una buonissima idea, domenica dovrebbe già stare meglio, mancano ancora quattro giorni. È bene portarlo fuori di qui prima di fare l'altra operazione. Ne riparliamo sabato mattina e predisponiamo il permesso per farlo uscire."

Riccardello migliorò rapidamente e quella sua prima uscita fu una ventata di ottimismo, di speranza, di gratitudine per essere trattato come un ospite di riguardo dalla famiglia della sua amica Sofia.

Era una persona importante in Italia, proprio come lui voleva.

Tutto quello che vide dal finestrino dell'auto di Nicola e a volte più da vicino, fuori dalla macchina, aiutandosi con le stampelle, era sorprendente. Il Colosseo, il ponte sul fiume Tevere, il Campidoglio, il teatro Marcello, che bellezza!!!

Nicola era felice, studiava le espressioni di stupore nel viso di Riccardello, vide nei suoi occhi neri una luce intensa di felicità e grazie a quella luce si innamorò di nuovo della sua Roma e del suo lavoro di architetto, mentre parlava di quei monumenti al neretto. Forse il groppo di commozione che gli saliva alla gola era anche dovuto all'amore per le sue buone azioni.

Capì che aiutare quel ragazzino era diventato un buon obiettivo da cui trarre tante soddisfazioni per il suo spirito; più che mai era deciso a occuparsi della sua formazione.

Riccardello fu rioperato e poi fece ritorno alla clinica di riabilitazione. I pazienti erano cambiati e lui non faceva più tanti ritratti, adesso Sofia andava a fare la fisioterapia solo tre volte alla settimana e naturalmente andava a trovarlo e insieme facevano piani per la domenica.

Sofia aveva quasi imposto a suo padre che andasse a prendere all'ospedale Riccardello perché trascorresse tutte le domeniche con loro in giro per Roma o semplicemente rimanessero a casa a giocare.

Nicola era felice di quel compito e quando aveva a casa Riccardello approfittava per dargli lezioni di disegno, di geometria e di matematica. Lo faceva come se si trattasse di un gioco.

Riccardello imparava in fretta e si divertiva, mentre Sofia protestava gelosa, dicendo al padre: "Oh, insomma, ma quando lo lasci in pace? È venuto per giocare con me."

Qualche volta Irene lo portava fuori Roma in campagna dove aveva una casetta e un piccolo giardino. In campagna si era procurata un cagnolino veramente simpatico e aveva detto a Riccardello che era suo e sarebbe stato con lui all'uscita dalla clinica: lui aveva chiesto a Irene se poteva chiamare il cane Capretta. La proposta fu accettata e così decisero di chiamarlo "cane capretta". Ma quando pensò di tingerlo a strisce con i colori della bandiera italiana simile a quella burundese, Irene disse: "Eh no, questo no! È già tanto che ti aiuto a tingere i tuoi capelli di verde perché sei tu a volerlo, ma il cagnolino non lo chiede, lascialo in pace, poveretto."

Riccardello in quel periodo era abbastanza felice come lui stesso diceva quando Irene glielo chiedeva; abbastanza, sì, ma evidentemente non era sufficiente, pensava Irene, sempre preoccupata per lui.

Malgrado i progetti, il padre Akello per tutto il mese era riuscito ad andare a trovare il figlio solo due volte e solo per qualche ora.

Lavorava nell'impresa ortofrutticola e nelle poche ore libere cercava ancora lavoro nei campi per racimolare un po' di soldi e la sera studiava per perfezionare l'italiano scritto. Non gli rimanevano né tempo né energie per stare con suo figlio.

Riccardello lo capiva e lo scusava, anche se gli mancava e incominciava ad avere nostalgia di Aukeilia e dell'Africa.

Ma doveva aspettare molto tempo ancora prima di poter raggiungere il suo paese d'origine.

Intanto era arrivato il mese di ottobre, Riccardello non poteva ancora andare a scuola e allora Irene e Nicola, con il beneplacito del direttore della clinica e l'accordo e la gratitudine di Akello, trovarono un buon insegnante che andava tutti i giorni per due ore alla clinica: gli insegnava a leggere e a scrivere in italiano e in francese.

Avere libri, quaderni e penne, colori e matite fu una gioia incredibile per Riccardello, ma quello che gli piacque più di tutto furono due libri, uno di geografia e dei popoli della terra e l'altro di storia.

L'insegnante Luca si appassionò a quel ragazzino dai capelli verdi, dalla pelle nera e dagli occhi indagatori, così vivaci e mobili che dimostravano un gran desiderio di conoscenza e di curiosità. Le sue domande lo mettevano in tale imbarazzo che a volte arrossiva e doveva rispondere: "Non lo so, domani te lo dirò."

Luca si dovette documentare sulla storia e la geografia del Burundi e della Tanzania e di tutta la zona dell'Africa dei Grandi Laghi e incominciò ad approfondire lo studio di quelle terre di cui non sapeva niente: era riconoscente al ragazzino dai capelli verdi per avergli aperto gli orizzonti e con lui studiava i documenti selezionati ed estratti da internet su quei paesi e gli ripeteva: "Fra qualche anno magari mi farai da cicerone nel tuo paese." Riccardello invariabilmente soprappensiero rispondeva a quell'ipotetica eventualità con un altrettanto ipotetico e triste "magari…". Per Riccardello ci vollero ancora due mesi perché guarisse completamente e uscisse finalmente dalla clinica. In quel trimestre Riccardello imparò più di qualsiasi altro ragazzino in un anno di scuola, nonostante a volte Irene gli nascondesse i libri per farlo riposare, quando i medici si accorgevano che il suo corpo si indeboliva.

Arrivò finalmente il giorno in cui i medici decisero che era guarito, ma avrebbe dovuto sottoporsi a controlli ogni tre mesi. Cosicché uscì dalla clinica dopo ben sei mesi di permanenza; quel momento fu di gioia e di malinconia per tutti: per lui, dato che la clinica era stata la sua casa, ma anche per infermieri, medici, volontari, fisioterapisti, perché Il Verde era diventato una mascotte, un mito, dava gioia e allegria solo a vederlo e a parlargli.

Venne iscritto come interno in un collegio a Roma dove insegnava anche Luca, non lontano dalla casa di Sofia e da quella di Irene. Risiedeva lì dal lunedì al venerdì mattina e poi andava o a casa di Irene o a casa di Sofia o a casa del padre, che viveva con altri due immigrati a Latina.

Era una buona soluzione; finalmente stava con altri ragazzini della sua età, imparava a integrarsi e il fine settimana continuava a stare con chi lo amava.

Con l'aiuto di Luca che continuava a informarlo

sull'Africa e Nicola che continuava a fargli lezione di geometria e di disegno tutte le domeniche o quasi, Riccardello cambiò i soggetti dei suoi disegni. Ora disegnava paesaggi, silhouette umane e animali della sua terra di origine.

Passarono cinque anni, ebbe la licenza di scuola media con il massimo dei voti e ottenne una borsa di studio speciale per iscriversi al prestigioso liceo artistico "Enzo Rossi" di Roma.

Nicola era esaltato da questo risultato, Irene era orgogliosa del suo protetto, Akello era così felice che non riusciva a stare zitto e lo raccontava a chiunque gli capitasse a tiro. Sofia non faceva altro che dirgli con tutta la sua spontaneità: "Sei il mio mito, ti voglio bene!"

Akello era riuscito ad avere il permesso di residenza in Italia ed era determinato a ottenere la cittadinanza, possibile dopo dieci anni di residenza, dunque aveva deciso di restare in Italia.

Pensava che era la cosa migliore da fare per il bene di suo figlio; era riuscito a trovare lavoro a Roma, non era certo il lavoro che sperava, ma si accontentava.

Con l'aiuto di Nicola aveva preso un appartamento piccolissimo, ma nuovo e ben ammobiliato, e finalmente poteva permettersi di vivere con suo figlio. In realtà Akello non lo sapeva, ma metà dell'affitto lo pagava Nicola di nascosto; era l'unico modo per aiutare Akello, visto che non voleva accettare soldi.

Quei cinque anni di liceo passarono senza che Akello

e Riccardello se ne accorgessero. Vivevano bene, senza pene né grandi difficoltà, almeno così credevano, impegnati com'erano nel portare avanti giornalmente il carico di responsabilità e doveri che ognuno di loro si era imposto.

Il figlio studiava per far contento il padre e otteneva i migliori risultati della scuola e il padre lavorava e si negava ogni svago per assicurare al figlio una vita il più possibile tranquilla.

Più avanti Riccardello si sarebbe ricordato con molta nostalgia di quegli anni, ma li ricordava più allegri e più felici di come in realtà li avesse vissuti, infatti non era stato per niente facile integrarsi con gli altri studenti italiani.

Tanti anni dopo incontrando a Bujumbura il suo amico brasiliano Hector, unico straniero come lui al liceo di Roma, disse ridendo: "Bisogna ammettere che un nero con braccia e gambe lunghe, un po' claudicante e con i capelli verdi non era certo facile da accettare."

"Beh," rispose Hector, "però ce l'abbiamo fatta tutti e due e senza perdere la nostra identità; io ero forse più strano di te, ero un mulatto biondo e dagli occhi neri."

"Oh, tu zitto, eri l'idolo delle ragazze!"

Sì! Riccardello anzi ormai Riccardo, era ritornato con il padre Akello nel Burundi. Fu lui a deciderlo, malgrado le proteste da parte di Nicola, Irene, Sofia, Luca e i professori. Nessuno di loro capiva come potesse andarsene, dato che tutti auspicavano per lui un bell'avvenire artistico in Italia. Chi non protestò molto fu Akello, anche se era riuscito persino a ottenere la cittadinanza italiana.

Il suo destino era legato a quello del figlio; l'aveva deciso nel momento in cui l'aveva conosciuto a sei anni nel campo rifugiati, quindi lasciò l'Italia con serenità per seguire il ragazzo. Credeva che Riccardello ormai si sentisse italiano come i suoi amici e non avesse nessun interesse né nostalgia dell'Africa, ma si sbagliava.

Dopo il diploma Riccardello, grazie all'aiuto prezioso di Nicola, partecipò a varie esposizioni di pittura. Era furbo, aveva bisogno di soldi e dipingeva quello che piaceva alla gente. Si fece così un nome e poté vendere molti quadri.

Con Hector, che da buon brasiliano amava i colori sgargianti, esplorarono varie tecniche e lavorarono insieme, a volte a due mani, nello stesso quadro.

Si divertivano a dipingere per le strade di Roma, facendo ritratti ai turisti di piazza Navona, della fontana di Trevi e di piazza di Spagna, attenti a non incorrere nell'ira dei pittori locali a cui facevano concorrenza e a scappare veloci appena scorgevano vigili urbani o carabinieri o poliziotti che potevano multarli per mancanza di licenza.

Questo suo dinamismo fece pensare a tutti che stesse bene a Roma e che amasse la sua vita da bohémien, ma in realtà faceva tutto parte di un suo piano.

Si era innamorato della parte del mondo da cui proveniva e aveva deciso che era lì, con i suoi risparmi, dove sarebbe ritornato. Voleva vivere tra i giovani, i bambini e le bambine dell'Africa dei Grandi Laghi; lui, che aveva vissuto sempre tra i grandi, ora voleva recuperare la sua adolescenza perduta e dipingere le bellezze di quei paesaggi silenziosi e di quei villaggi brulicanti di gente povera ma sorridente e sempre indaffarata a sopravvivere.

Si era dedicato a prendere contatti con gli artisti africani esuli come lui a Roma e in altre parti d'Italia per tessere una rete di collaborazione, con l'idea di svilupparla maggiormente una volta arrivato nel suo paese.

Aveva deciso di voler insegnare arte e di far conoscere l'arte africana dentro e fuori i confini di quel continente.

Era il suo sogno e ci riuscì. Ma questa è un'altra storia, un altro bel capitolo non finito della vita di Riccardello.

Quando ritornò nel Burundi cercò subito la sua mamma adottiva Aukeilia e la trovò nel suo villaggio di origine, in provincia di Gitega. Si era sposata ma non aveva figli, allevava capre e galline, coltivava un orto e vendeva i prodotti al mercato.

La gioia di Aukeilia fu immensa nel vedere il suo spilungone Riccardello, ormai un uomo di ventitré anni, apparire così all'improvviso alla porta di casa; ma non ne fu sorpresa, perché era così che aveva immaginato quell'incontro tante e tante volte, quindi sapeva come comportarsi.

Lo prese subito per mano, con molta semplicità, come quando era bambino, lo portò nel retro della sua povera dimora, dove c'era un recinto con le capre, e in silenzio gli indicò con l'indice della mano destra una capretta con i colori della bandiera italiana, gli stessi di quella burundese: rosso, bianco, verde.

Riccardello rimase di stucco, emozionato fino alle lacrime: per quindici anni Aukeilia aveva dipinto una delle sue caprette, nuove nate, aspettando il ritorno di Riccardello.

Aukeilia disse ridendo: "Sai, non è la stessa della fotografia di quando avevi otto anni, mi dispiace. Se ne sono succedute varie in questi anni." Poi timidamente aggiunse: "Io sapevo sai, ne ero sicura, che saresti tornato; adesso che non hai più i capelli verdi e che ti chiami Riccardo smetterò di dipingere la capretta, ti pare?"

Dopo qualche tempo Sofia andò in Burundi e incontrò il suo amico a Gitega, nel cortile della scuola dove Riccardo insegnava a ragazzini e ragazzine l'arte di osservare con i loro occhi e disegnare ciò che vedevano, variando la loro posizione e prospettiva. Li invitava anche a disegnare quello che vedevano dentro il loro cuore e il loro cervello, chiudendo prima gli occhi.

C'era un tale chiasso di voci, di risate: i bambini mostravano l'uno all'altro i loro disegni e poi li mostravano a Riccardo che annuiva divertito e li spronava ad avere più immaginazione.

Sofia arrossì percependo la felicità e la serenità del suo amico nel suo ambiente.

Riccardo andò incontro a Sofia e furono rapidamente circondati da tutte quelle faccine sorridenti; le bambine tempestavano di domande la bella ragazza bionda. Sofia aveva pensato sempre a Riccardello come quasi a un fidanzato, si erano scambiati molte lettere affettuose e quelle di Riccardello iniziavano sempre con "Cara fidanzatina mia", ma una volta lì, capì subito che aveva ritrovato un fratello, non un fidanzato.

"Riccardo si è innamorato di una burundese, dipinge, studia, insegna, promuove l'artigianato del suo paese, è sempre indaffarato, gira per il Burundi, la Tanzania, e parte del Congo, è appassionato ed è felice, sicuramente più felice di me. Forse perché semplicemente si accontenta di quello che ha," raccontò Sofia a suo padre una volta tornata a casa.

"Certo, io ho avuto la fortuna di nascere a Roma, in Europa, ma non trovo ancora il mio posto e non mi sento realizzata. Riccardello ha avuto la fortuna di sapere scegliere; ha scelto la sua terra nonostante le molte privazioni, ha capito presto di cosa aveva bisogno per vivere felice e si è liberato delle cose non necessarie.

È veramente il fratello e l'esempio di cui ho bisogno! Voglio che sia sempre felice come è adesso."

EPILOGO

Riccardello, ormai Riccardo, non era così immensamente felice come aveva pensato Sofia quando era andata a trovarlo a Gitega nel suo paese, il Burundi. Sofia sapeva in cuor suo che le parole che aveva detto su Riccardo al suo ritorno dal Burundi non erano vere o per lo meno non totalmente vere. Aveva dato un'interpretazione esagerata alle cose che Riccardo le aveva raccontato della sua vita.

Dal poco entusiasmo che Nicola, suo padre, aveva manifestato nell'apprendere quelle notizie aveva capito che non le aveva creduto e poi sapeva che Riccardo, come il Riccardello di una volta, celava un'inquietudine e una tristezza profonde che non poteva esprimere se non voleva entrare in un vortice di inanizione, di estraniazione da sé stesso e di sradicamento.

Dunque forse quello che le aveva raccontato Riccardo erano solo progetti e non la realtà?

Nessuno dei due era disposto a confrontare il corso della loro vita attuale. E in effetti era giusto così, perché per loro il tempo si era fermato alla loro adolescenza.

Tutti e due cercavano ancora il loro posto nel mondo, e in questo si assomigliavano. Le differenze però fra i loro due mondi erano veramente e realmente grandi. Era passato molto tempo dal loro incontro in quel centro ospedaliero, dalle loro conversazioni e dai giochi, ma i sentimenti di ammirazione reciproca erano rimasti intatti.

Per Sofia, Riccardo continuava a essere il suo mito, l'aveva costruito quando aveva dieci anni in quel momento in cui aveva visto con quanta destrezza, sensibilità e armonia l'aveva dipinta, e quella capigliatura ricciuta e tutta verde l'aveva affascinata. Non era disposta a cambiare quella sua idea su Riccardo. Riccardello, ecco. Rimaneva pur sempre Riccardello, e più che mai ora in Africa secondo lei doveva diventare un importante artista. Il migliore.

Non voleva assolutamente riconoscere la realtà difficile di quel paese africano.

Riccardo l'aveva vista come la creatura di una fiaba per la sua dolcezza e saggezza, per i capelli biondi, per gli occhi celesti: tutto di lei faceva pensare a una fata. Sofia la fata, la maga buona. Così, di ritorno a Gitega, si sforzava di ritrovare nei suoi alunni la sua infanzia, l'allegria, la serenità dell'innocenza, continuando a pensare a lei come a una creatura fiabesca. Aveva conosciuto una fata vera ma irraggiungibile, appartenente, al mondo della fantasia, al mondo di Riccardello.

Continuava a essere legato a lei e la cercava nei suoi pensieri come se fosse un'amica immaginaria e lui ancora un bambino.

La realtà era dura nel suo mondo, ma era quello il mondo che lo aveva scelto e al quale lui aveva sentito di dovere appartenere, perché al destino è difficile dire un no secco senza una ragione: bisogna affrontarlo, sfidarlo anche, andare dove la predestinazione gli diceva di andare e impegnarsi a decifrare lo scenario della sua esistenza per eseguirla passo passo.

È questa la mia vita, aveva imparato a pensare senza sapere come e perché.

Avrebbero vissuto così in due mondi paralleli, pensandosi reciprocamente senza mai riunirsi davvero ed evitando di trasmettersi le loro sofferenze esistenziali.

Riccardo non aveva avuto problemi per trovare un lavoro. C'erano tanti bambini nel Burundi e c'era bisogno di insegnanti, e lui era formato per questo ed era quello che voleva, era la sua vocazione scoperta già quando era a Roma.

Gli anni da bohémien non gli avevano fatto cambiare idea.

Allora aveva messo la sua arte al servizio dei clienti occidentali e l'aveva fatto per guadagnarsi da vivere e far finta di integrarsi in Italia. Ora in Burundi l'arte era diventato il suo strumento serio di lotta per la sopravvivenza identitaria come africano o meglio come burundese.

Le sue doti di pittore dovevano essere al servizio del suo paese. Era diventato un maestro, e dell'arte del disegno e della pittura ne faceva uno strumento di educazione e di socializzazione.

Sognava per sé stesso e per i suoi alunni una piena affermazione d'identità, senza distinzioni di etnie o di clan o di tribù, al contrario di quanto si era preteso e stabilito ai tempi della colonizzazione.

Lui aveva scoperto che sua madre era una Tutsi e suo padre un Hutu e ne rimase orgoglioso, la sua era comunque un'identità di africano aperto a culture diverse.

Era arrivato a Gitega come uno straniero, un apolide. Aveva bisogno di convertirsi in un cittadino e patriota.

Era nato in uno spazio territoriale non definito, limitato, senza libertà, provvisorio e senza tempo: così sono i campi per rifugiati.

E dopo aver vissuto a Roma come una persona differente da tutte le altre che frequentava, sempre protetto come una persona importante, così come lui voleva quando a otto anni volle dipingere i suoi capelli di verde, nel Burundi doveva conquistarsi una normalità di vita di africano.

Non era facile. Nessuno si curava di lui, era uguale a tutti gli altri. Si sentiva più solo che mai perché non conosceva niente di quel modo di vivere, eppure era a quello stile di vita che doveva imperativamente adattarsi. Non bastava fingere, come aveva fatto a Roma; doveva integrarsi davvero se voleva essere utile al suo paese e ai suoi conterranei, ma ciò comportava molti sacrifici e decisioni difficili.

Aveva bisogno di conoscere la storia del suo paese, non gli bastava quello che aveva letto su internet, voleva capire perché quella terra era stata dilaniata da ripetute guerre.

Poteva capire il problema delle differenze tra bianco e nero ma lì, dove tutti erano neri, non riusciva ad accettare che ci fosse tanta ostilità e tanto riguardo verso tre diverse etnie.

Voleva sapere perché e come era morta sua madre, perché non aveva conosciuto suo padre prima dei suoi sei anni.

Cosa celava Aukeilia, la sua mamma-zia, come a lui piaceva ancora chiamarla, in quei suoi occhi il più delle volte tenebrosi e così terribilmente lontani dal sorriso che immancabilmente gli rivolgeva tutte le volte che andava a trovarla? Perché Aukeilia non riusciva ad avere negli occhi lo stesso sorriso che le dettava il cuore, lasciando da parte i cattivi pensieri? A volte era così evidente la dicotomia tra il sorriso e il bagliore dei suoi occhi che lui evitava di incrociarne lo sguardo per non provare a sua volta un'angoscia tale da far spaventare ancor più Aukeilia.

Capiva che non poteva fare domande né ad Aukeilia né a suo padre.

Nessuno dei due era disposto a parlare di quegli anni terribili della guerra. In realtà non c'era nessuna persona da potere interrogare sulle tragedie dei genocidi tra Hutu e Tutsi. I giornali non ne parlavano e i politici parlavano solo di riconciliazione, sorvolando sui problemi che avevano causato tanta violenza e quindi la necessità di tale riconciliazione.

Gitega era diventata la capitale amministrativa e politica del Burundi, Bujumbura le aveva lasciato il posto. Era dunque lì che lui si preparava a esporre le sue pitture socialmente impegnate che mostravano la vita della gente e quindi anche i problemi della violenza domestica, il lavoro pesante che spettava alle donne, la corruzione, la disoccupazione. Voleva attirare l'attenzione dei politici, della classe dirigente e dell'opinione pubblica.

Non c'era più posto nel suo mondo di artista per immagini fantasiose. Era il tempo del realismo e del richiamo, gridato ai quattro venti, alla pace, armonia, unità e giustizia per il suo paese così bello e meritevole di trasformazioni e d'importanza nel continente africano.

Aveva letto tanti scrittori africani, aveva studiato le leggende del suo paese, si era appassionato delle poesie e degli scritti di Senghor, un autore africano. Riccardo era un artista e il suo modo di pensare corrispondeva alla descrizione delle specificità e delle differenze con gli artisti occidentali di cui parlava Senghor nei suoi scritti sulla negritudine. L'arte negra, diceva Senghor, è esplicativa, impegnata, funzionale e collettiva, riflette le emozioni e l'esistenzialismo degli africani, più attaccamento alla realtà che l'arte occidentale.

Questa scoperta l'aveva fortificato nella sua identità.

Passarono alcuni mesi durante i quali era contento solo con i suoi alunni e quando usciva dalla scuola si sentiva sperduto; sì, era tormentato per le tante cose che non poteva scoprire a proposito della storia della sua famiglia, per la miseria che lo circondava, per l'ambiente degradato che non era quello che lui aveva immaginato.

Poi un giorno si decise ad andare da suo padre per scusarsi di averlo in un certo modo costretto a ritornare nel Burundi, perdendo così le opportunità di crescita che magari lo aspettavano.

Il padre lo accolse con allegra serenità, e dall'espressione del viso di Riccardo capì subito che aveva dei problemi, ma non si allarmò.

Gli disse con umorismo: "Opportunità di crescita che magari mi aspettavano? Beh, che aspettino, io ormai sto bene qui. Povero tra i poveri, ma di certo più utile che in Italia. Tu, piuttosto, perché così depresso? Non puoi cambiare il Burundi così dall'oggi al domani. Dove sono andati a finire i tuoi sogni e la tua ostinazione? Li hai lasciati in Italia? Che ci fanno lì, così lontani! Nessuno li raccoglierà.

Datti una mossa, come dicono i romani. Guarda che la miseria, la guerra, anzi le guerre che ci sono state in questo paese non sono colpa tua e neanche mia, nonostante abbia dovuto prendere il fucile e correre. Hai un potere grande, la tua pittura! Usala, falla crescere, falla girare. Vai, non perdere tempo coi fantasmi. Vivi nel presente, anzi nel futuro."

Era la prima volta che suo padre gli dava consigli e lo apostrofava con impeto e con una certa autorità. Ritornò alla sua casa e da quel momento incominciò a tessere i suoi programmi di rete con gli artisti e artigiani di cui aveva già i contatti.

Aprì la porta della sua casa che dava su un piccolo atrio da dove si accedeva alla cucina e alla piccola stanza dove erano ammassati i suoi disegni e le pitture, li riordinò e li spostò nell'atrio in modo che si potessero vedere dalla strada.

Nei giorni seguenti incominciò un'attività frenetica, fabbricò un tavolo con travi di legno e dei cavalletti e scelse tra i suoi innumerevoli alunni quelli che aveva visto sempre per strada senza far niente, non li scelse in base alla loro abilità nel disegnare, di quella in verità non ne aveva idea, ma solo per toglierli dalla strada.

Creò un gruppo che doveva disegnare i giorni di festa e fuori dalle ore di scuola.

Alcune organizzazioni non lucrative di utilità sociale si interessarono a lui e alle sue attività e gli fornirono materiale per la pittura: matite colorate, pennarelli, fogli da disegno; e lui commosso tenne da parte il tutto a disposizione dei suoi alunni.

Si ricordò con emozione incredibile del suo quaderno e delle matite colorate che conservava gelosamente sotto la sua maglietta quando era un pastorello zoppo e matterello, e mentre dava a un bambino di sette anni un foglio da disegno e le matite colorate si mise a piangere.

Finalmente era veramente felice.

E adesso, vi chiederete, cosa fa Riccardo? Ha messo su un atelier, vende i disegni suoi e dei bambini e, malgrado le mille difficoltà, espone i suoi quadri di impegno sociale.

Disegni di bambini burundesi

- Indice -

Albatros